AF376061

SOUVENIRS D'AUTUN,

Par Achille Langlois,

Membre de la Société d'émulation de Rouen.

CHALON S. S.

THYPOGRAPHIE DE MONTALAN.

1841

LES ÉDUENNES.

LA CASCADE.

L'étoile du matin s'effaçait dans la nue,
Les rayons blancs du jour argentaient le coteau,
Le demi-jour du ciel éclairait l'étendue,
Et l'aurore caressait l'eau.

J'écoutais les baisers que la brise folâtre ,
Prodigue aux fleurs des champs à leur premier réveil ;
Et dans l'ombre lointaine où le ciel est d'albâtre ,
Je vis se lever le soleil.

L'arbre aux cheveux épars se détacha dans l'ombre.
La fleur au pâle éclat blanchît d'un doux reflet.
Et les mille couleurs que cache la nuit sombre
Sourirent au jour qui brillait.

Nous suivions le chemin où Mont-Jeu se dessine ,
Bibracte à notre pied , St-Claude à notre front ,
Près de nous soupirait un pur ruisseau qui mine
Le granit usé de ce mont.

J'aimais à voir couler cette onde au sein limpide
Qu'ombrage , verdoyant le saule aux cheveux blonds ;
J'aimais à voir glisser sur la nappe liquide
La feuille rasant les gazons.

« Ainsi coulent nos jours dans les flots de la vie ;
» Heureux, quand le silence accompagne nos pas ,
» Plus heureux , quand la mort au rivage convie
» Le mortel qui souffre ici bas.

»   J'enviais son destin.... la brise qui l'arrête,

»   Le flot le plus léger, la briseront ce soir....

»   Et moi.... dans la douleur, enfant de la tempête,

     »   Que n'ai-je, hélas! le même espoir..! »

Nous marchions en silence un pied dans la rosée,

l'autre mouillé parfois sur le glacis des flots,

Quand la voix d'un vallon et plaintive et brisée

     Fit alors gémir les échos.

C'était, comme une harpe au milieu du silence,

Quand la nuit vient couvrir le front noir du désert,

Et qu'une voix du ciel en marquant la cadence,

     S'unit à ce pieux concert.

Oh! que j'aurais voulu dormir à ce cantique.....

Hymne de la nature au séjour des élus,

Prière parfumée, accent pur et magique

     Que les mortels n'imitent plus.

J'écoutais.... et mon âme était dans le délire;

Je rêvais être aux cieux, un ange était vers moi....

Les chants de ce vallon, avaient saisi ma lyre

     Et mon cœur s'agitait d'émoi.

C'est que les flots neigeux qui roulent sur la roche
Bercent un cœur aimant dans un sommeil si doux !...
C'est que la voix des eaux nous signalait l'approche
    De la chûte de Brise-Cou... !

Salut !... vallon désert, à la suave haleine
Où l'onde qui s'agite efface chaque pas ;
Berceau sombre et feuillé que le jour touche à peine
    Où le bruit des chars ne vient pas.

Mystérieux Éden ! oh ! si dans la vallée
Je pouvais m'endormir et trouver un tombeau !
Je voudrais dès ce soir, pauvre fleur étiolée,
    Le creuser au bord de cette eau.

Regarde ce sommet !.... deux blanches auréoles
Éparpillent au loin leurs rayons de cristal,
L'azur, la soie et l'or des sveltes girandoles
    Brillent des couleurs du Nopal.

Sous l'ogive du flot qui se courbe et murmure,
Un rayon du soleil est venu se cacher ;
Sous les gouttes d'azur, il s'étend, il épure
    Les teintes sombres du rocher.

L'onde comme la nuit scintille en mille étoiles
Chaque goutte est un astre où se jouent les couleurs,
Et les réseaux neigeux deviennent de blancs voiles
    Où le rubis s'unit aux fleurs.

Sur les flancs ondulés des lames qui se pressent
L'Éméraude pétille en sillons lumineux,
Les Saphirs à l'Opale en bleus festons se tressent,
    L'Améthyste brille avec eux.

Plus bas le flot d'argent se brise avec furie,
L'écho redit au loin sa puissante clameur,
Le roc veut l'arrêter, mais l'eau bondit et crie
    Et le flot s'échappe en vainqueur.

Regarde, ne crains rien, ce gazon nous protège;
L'onde coule à nos pieds, à peine si ta main
S'humecte des baisers de ces flocons de neige
    Qui blanchissent notre chemin.

Levons-nous.... avançons.... sa course fugitive
Ralentit son essor et calme ses fureurs,
A deux pas.... l'onde est pure et glissant sur la rive
    Elle vient caresser les fleurs.

Vois-tu, comme le flot est devenu tranquille!
A peine si l'oreille entend son faible bruit,
Le silence est assis dans cet heureux asile
    Où règne la voix de la nuit.

Onde blanche et limpide, où se baigne la feuille
Que balance en tremblant la tige aux cheveux d'or.
Mélancolique abri qu'à peine un souffle effeuille,
    Source.... te reverrai-je encor....?

Viendrai-je encor rêver sous l'arche solitaire,
Où mon âme est heureuse, où calme je m'assieds,
Reverrai-je ces fleurs? ce chêne séculaire,
    Et cette eau qui baigne mes pieds?

Sous ces arbres épais dont la branche s'enlace
Au rameau qui la presse et me cache les cieux,
Retrouverai-je un jour et mon rêve et la trace
    De mon sentier silencieux.

Oh! si jamais le ciel écoutait ma prière,
Si la voix du poète y trouvait des échos!
Je voudrais dans ces lieux que ma froide poussière
    Y goutât le dernier repos.

II.

LA PIERRE DE COUHARD.

Qu'es-tu? vieux monument trituré par l'orage,
Débris que le soleil a doré deux mille ans,
Pyramide sans nom que les serres de l'âge
    N'ont pu disperser dans le Temps.

Qu'es-tu? Sur ton sommet la flamme d'un Druide
Scintillait-elle au vent quand le ciel était noir !
Éclairais-tu la voie où le coursier rapide
    S'élançait à l'heure du soir?

Ah ! serais-tu la pierre, immense sarcophage ,
Où Divitiacus a cherché le repos?
Qu'importe... sous ce nom je crois à ton usage ,
    J'aime à rêver sur les tombeaux.

Sur le gazon poudreux dont sa base est couverte
L'astre du soir répand ses timides clartés ,
Et son pâle regard blanchit la feuille verte
    Des rameaux aux fils argentés.

Elle glisse sans bruit dans le sein d'un nuage
Et voile avec lenteur ses pudiques attraits ;
Le gazon se fait noir et les clairs du feuillage
    S'effacent sous un voile épais.

Le silence est au ciel , la paix à la vallée ,
Tout s'endort à mes pieds dans un léger soupir ;
L'eau se tait, le vent tombe, et la voûte étoilée
    Berce ses feux pour s'endormir.

Je crus voir tout-à-coup une ombre fugitive
Raser le sol penché qui forme le coteau,
Son pas était douteux, sa démarche craintive
        Tel le premier vol de l'oiseau.

Un long voile de lin flottait sur ses épaules,
Ses boucles de cheveux voltigeaient dans les airs,
Son front était paré des feuilles que les Gaules
        Offraient au Dieu de l'univers.

Son regard se portait sur l'arrête échancrée
Du pâle mausolée où je m'étais assis;
Et sa main comme au jour d'une pompe sacrée
        Montrait le Dôme des esprits.

J'eus peur... Il me semblait que sous la haute cime
Du chêne, où le Gaulois priait son Dieu cruel,
L'ombre évoquait le ciel et cherchait la victime
        Qui devait rougir son autel.

J'étais seul... et quel autre eut pu du sacrifice
Porter sur ses cheveux la guirlande de fleurs !
Au coup de mort dont un sombre Aruspice
        Ceignait un front baigné de pleurs.

Je tremblais.... mais le vent soupira dans la nue ,

Sa voix frôla l'écho qui murmura soudain ,

Et le souffle des bois annonça la venue

Des premiers accents du matin.

Puis... le ciel s'éveilla... l'astre qui le colore

Quand le soleil en feu cède une heure à l'amour ,

Jeta le blanc rayon qui bientôt s'évapore

Au regard animé du jour.

L'ombre dans ce rayon s'effaça comme un rêve ,

Son voile s'effila sous le pied de l'ormeau

Et sa voix ne vint pas rompre la pâle trêve

Du silence de ce tombeau.

Est-ce un pontife-roi qui secouant les voiles ,

Qui depuis deux mille ans se reposaient sur lui ,

Venait , las du sommeil , aux regards des étoiles ,

Cueillir l'anneau sacré du Gui ?

« Plante mystérieuse , avais-tu la puissance

De dérouler aux yeux les célestes arrêts ?

Pouvais-tu de la terre effeuiller le silence

Et lui ravir tous ses secrets ?

» Pouvais-tu , dis-le-moi , découvrir un mystère ?
En t'invoquant en pleurs , tu le pourrais encor !
Réponds, et dans la nuit ta feuille qui m'est chère
Sentira la faucille d'or.... »

Etait-ce un barde heureux qui des voûtes divines
Arrive chaque soir quand la terre est en deuil ,
Et vient rêver tout seul au milieu des ruines
Où s'élève encore un cercueil.

Qui sait ! — Car sous ce roc qui chaque jour succombe ,
Si Divitiacus un soir s'est endormi ,
N'est-ce pas, dans la nuit le skalde de sa tombe
Qui vient pleurer sur un ami ?

Oh ! quand le froid des ans glacera ma paupière ,
Quand mon âme souffrante au ciel s'envolera....
Si je pouvais alors écouter la prière
De celle qui me bénira.

Mais inconnu du monde , étranger dans la vie
Quelle sœur au sein blanc , bercera mes douleurs ?
Quel œil au doux regard sur ma tombe flétrie
Viendra laisser tomber des pleurs.

L'ombre avait disparu!... dans sa courbe étoilée
Le flambeau de la nuit avait repris son cours,
Et parfois sa blancheur se retrouvait voilée
    Dans le nuage aux bleus contours.

Je la voyais souvent caresser d'un sourire
Les angles délabrés de ce tertre géant,
Voulait-elle apaiser ce front qui se déchire
    Sous les brusques assauts du vent?

Cependant sans faiblir, riant de sa furie,
Du soleil des étés, du souffle des hivers,
Ce tombeau sur son sein vit la feuille flétrie
    Mille fois rouler dans les airs.

Oh! tu résisteras encore à la tempête;
Le monde qui s'émeut maintenant à tes pieds,
Roulera dans la mort bien avant que ta tête
    Ne tombe aux bords où je m'assieds.

Aussi, tu garderas les noms que je confie
Au revers du granit où tes pieds sont placés;
C'est un pur souvenir, c'est le nom d'une amie
    Que mes faibles mains ont tracés.

L'AMPHITHEATRE.

Quoi ! c'est le Podium, voilà l'Amphithéâtre !
Ce tertre dégradé, sans forme, sans contours,
Ce gazon défleuri que le troupeau du pâtre
    Vient fouler deux fois tous les jours.

Voilà l'Amphithéâtre ! antique colisée ,
Qu'un siècle éleva de ses robustes mains ;
Qui pendant deux mille ans se mouilla de rosée
    Aux heures blanches des matins.

C'est lui ! mais le soleil n'abaisse plus les ombres
Des arcades du mur , abri du spectateur ;
A peine si mon pied roule sur les décombres
    Où tomba le gladiateur.

L'arêne n'est plus là , sa pelouse jaunie
Se tapisse de vert au soufle du printemps ,
Et le sable perlé dont elle était garnie
    S'est perdu dans le sein des vents.

Son ovale parfait s'est effacé sous l'herbe ,
Sa taille gracieuse a glissé dans les ans ,
Et la fille aux pieds nus forme gaiement la gerbe
    Qui pousse dans ses fondements.

Que sont-ils devenus ces socles granitiques ,
Cette base sans fin qui devait tout porter ?
Le vent est impuissant sur ces masses antiques
    Et le Temps sait les respecter.

L'humus de mille hivers a-t-il couvert leur face,
Le soc sur ces débris trace-t-il des sillons... ?
Non!... et de tous côtés, je remarque la trace
　　Du fer acéré des maçons.

Oh! pourquoi dégrader ce souvenir auguste,
Où le peuple géant battit souvent des mains ;
Où dans son vol hardi l'aigle plaça son buste
　　Couronné par les Éduens.

Les flancs de ces coteaux n'auraient-ils plus de pierres ;
Sous la Forêt sacrée aurait-on défendu,
De tailler les parois de ces vastes carrières
　　Où le moëllon est suspendu.

Quelle profane main vint arracher sans crainte
Les solides appuis du colosse écrasé ?
Quelle bouche ordonna de niveler l'enceinte
　　Où l'édifice était posé... ?

Maintenant où trouver ces bases canelées,
Ces larges chapitaux, ces fûts ensevelis,...
Où chercher les débris des marches mutilées
　　Où le peuple s'était assis ?

Peut-être que le marbre où se plaçait l'Édile,
Suinte lentement dans les murs des caveaux,
Et reçoit dans la nuit, le toucher d'un reptile
    Qui l'humecte de ses anneaux.

Eh! qui sait, si le banc où la jeune romaine
Souriait aux soupirs de celui qu'elle aimait,
N'est pas, le front baissé, dans l'office éduenne
    A l'angle d'un sombre parquet.

Le siége impérial lui-même où peut-il être ?
Sous le pied des enfants scellé, sous un balcon,
Lui qui sentit mille ans la tunique d'un maître
    Que salua le Panthéon....

Ce désert glacerait ton âme parfumée ;
Reconstruisons ces murs et que le souvenir
Repeuple ces gradins de la foule animée
    Qu'appelle l'attrait du plaisir.

Suivons donc le torrent qui nous porte à l'arène ;
Les flots sont moins pressés que ceux où nous roulons ;
Livre ton bras au mien et que le peuple entraîne
    Le char rapide où nous rêvons.

Nous sommes parvenus aux voûtes circulaires ;
Montons à ces dégrés , près de moi viens t'asseoir ;
Il est doux d'assister aux fêtes populaires
　　　Quand règne la brise du soir.

Là bas , c'est le portique où le peuple se presse ;
Plus haut, les chevaliers , plus loin , les sénateurs ;
Près de nous, sous le dais que la foule délaisse
　　　Est la place des empereurs.

Ces arceaux déprimés qui touchent à l'arêne ,
Cachent pour un moment l'adroit gladiateur ;
Et de l'autre côté que ton œil voit à peine
　　　Rugit le lion en fureur.

Écoute , dans les airs , un triple accent résonne....
C'est la voix du combat , imposante clameur ,
Deux gaulois sont aux mains, une verte couronne
　　　Ornera le front du vainqueur.

Oh ! voile tes regards , le glaive s'est fait place ;
Le sang rougit l'acier , il coule , on bat des mains ;
Un gladiateur tombe , et l'autre qui l'enlace
　　　Demande un signal aux Romains.

C'est un signal de mort... ils montrent la victime,

Le vainqueur le comprend, il frappe, on applaudit,

Et la vierge aux yeux noirs qu'un pur amour anime

Fixe son amant, et sourit.

« Qu'ils sont cruels ces jeux où la blanche colombe

» Ne s'émeut point d'effroi quand le glaive est levé ;

» Quand son regard d'azur se fixe sur la tombe

» D'un homme qu'elle aurait sauvé ! »

Le corps a disparu... l'arène devient lisse ;

Mais le repos déplait à ce peuple jaloux,

Et son front inquiet, comme un voile se plisse

Sous les empreintes du courroux.

Le cor a retentit, la foule fait silence ;

Deux captifs au front pur vers nous sont entraînés,

Ce sont les deux martyrs que le peuple en démence

Aux dents du tigre à condamnés.

Ils périront... le cri de la bête farouche

S'entend, elle bondit, et ses ongles sanglants

Se posent sans pitié, sur la pudique bouche

D'une vierge de seize ans !....

Ils ne sont plus... déjà la tourbe est apaisée,
Le sang calme sa voix... tout est silencieux,....
Quand un ange s'envole avec Cymodocée
        Et son chaste époux vers les cieux.

Fuyons, donne ta main, l'édifice s'écroule,
Les murs sont ébranlés, entends-tu ces soupirs ?
C'est le marbre qui tombe et vient broyer la foule
        Qui condamna ces deux martyrs.

Fuyons.... mais que ta main dont ta vue est voilée,
Écrive notre nom sous l'herbe enseveli,
Afin que dans ces lieux, mon âme consolée
        Ne repose pas dans l'oubli.

IV.

LE TEMPLE.

Le flot silencieux que la brise promène,
Sur la grêve déserte où l'Arroux a son lit,
Baignait en serpentant les coutours de la plaine
Qu'une onde fraîche reverdit.

Les paisibles clartés qui tombaient sur la terre
Sillonnaient dans le pré les plis de mon manteau.
Mon âme endolorie écoutait le mystère
    Que la nuit jette au bord de l'eau.

Sous le saule attristé, je croyais voir encore
La fille de Bibracte ôter son voile blanc,
Et confier son sein que la crainte colore,
    Aux baisers d'un flot transparent.

Dans les lames d'argent, onduleuse surface,
Son bras en s'étendant se frayait un chemin,
Et son pied dérobé ne laissait qu'une trace
    Qu'effaçait un jour incertain......

Le songe avait glissé..... j'étais sur des ruines,
Trois murs au front brisé s'élevaient noirs et nus,
Et leurs débris cachés dans l'herbe des racines
    M'annonçaient l'autel de Janus.

Oh ! que deviendrons-nous ? peuples de cent années,
Si le temple d'un Dieu s'écrête après mille ans !
Que deviendront la cendre et l'âme abandonnées
    Sous nos fragiles monuments !

Avant que le soleil au printemps qui l'appelle
Ne livre encore cent fois ses couronnes de fleurs,
Nos tombeaux oubliés dans une herbe nouvelle
Cacheront leurs pâles couleurs.

« Mais ces murs que le Temps a bronzés dans sa course
Verront pendant mille ans les peuples s'agiter
Et l'écho de la plaine où murmure la source,
Y viendra la nuit s'abriter. »

Au milieu du gazon où se creuse une voûte
Des arceaux mutilés résonnent sous vos pas,
Et le regard rêveur s'y plonge... et dans le doute,
Anime ce qu'il ne voit pas.

C'était là que le Dieu qui préside à l'année
Et dont les doigts légers viennent ouvrir le ciel,
Recevait à ses pieds, de la foule étonnée,
Des gâteaux de riz et de miel.

Sous l'autel qui n'est plus un ange tutélaire
Annonçait aux mortels les douceurs de la paix,
Et les portes d'airain fermaient le sanctuaire
Qui n'aurait dû s'ouvrir jamais.

« Mais le cours de la vie est-il si peu de chose

Qu'on l'abandonne aux mains de qui veut le ravir !

Et que la gloire attend le soldat qui s'expose

    Au glaive qui peut l'asservir.

» Ah ! quand la pâle mort sera-t-elle assouvie ?

Quand le monde farouche aura-t-il donc conçu

Qu'aimer c'est le bonheur et qu'on ne doit la vie

    Qu'entre l'amour et la vertu... »

Pauvre monde !.... il s'agite, il tourmente son âme,

Il rêve des honneurs, il veut les acheter,

Ne saura-t-il jamais qu'un pur baiser de femme

    Est le bonheur qu'il doit goûter.

Dans ces débris altiers, un réseau de lumière

Pénètre par les jours que le Temps a laissés,

Et le croissant du Ciel sourit à la poussière

    Où dorment ces murs écrasés.

Légère dans son vol l'amante du feuillage

Balance sa blancheur ou se voile à mes yeux ;

Ou reparaît soudain dans les plis d'un nuage

    Qui marche sur l'azur des Cieux.

Sous les pieds de la Vierge, astre aux vives étoiles
Se détache craintive une étincelle d'or,
Elle sourit, s'efface, et glisse sous les voiles,
    S'éteint et se ranime encor.

Parfois son front brillant se ternit dans la nue,
Sa couronne de feu s'effeuille par degré;
Son regard devient noir, sa démarche éperdue,
    Et son vol paraît égaré.

Qu'as-tu, flambeau du ciel, perle que j'ai trouvée ?
La douleur pourrait-elle exister dans ton sein?
Les cieux n'ont point d'ennuis.., à la terre éprouvée
    L'inquiétude et le chagrin.

Mais ne serais-tu pas le refuge céleste
Où Janus loin du trône un jour s'est élancé,
Car ton regard d'amour, pâlit, chancelle et reste
    Sur ce monument renversé.

Console-toi : le ciel est la douce patrie
Où les rêves sont purs, où l'amour est pareil;
Ah! pourquoi regretter une tombe flétrie
Quand on marche auprès du soleil !

**

Qu'importe si la nuit, ta brillante lumière
Ne vient plus caresser les pieds de ton autel,
Le souvenir est là planant sur la poussière....
    Le souvenir est immortel.

L'étoile s'éclipsa, des lignes diaprées
En festons lumineux marquèrent son départ ;
Ainsi le météore aux voûtes éthérées
    Disparaît à notre regard.

Pour moi.... je restai seul, seul avec le silence
Assis sur ces débris, couché sur le gazon,
Je rêvais au néant, j'invoquais l'espérance ,
    Et l'écho me répondit non....

Non.... levons-nous alors , brisons, brisons ce rêve ,
Le malheur dans ses lois n'est-il pas absolu ,
Marchons , la nuit est noire et que mon sort s'achêve
    Comme le ciel l'aura voulu.

« Asile de la paix , ruine amoncelée ,
» Sanctuaire profane , autel d'un faux Dieu !
» Coupole qui n'est plus, sous l'orage écroulée ;
    » Majestueux débris.... Adieu ! »

V.

LA NAUMACHIE.

Reposons-nous ici : — le soleil va paraître,
La lueur matinale a touché l'horizon,
Et la voix des oiseaux réunis sous ce hêtre
Nous l'annonce par leur chanson.

La route au pied poudreux se dessine dans l'ombre,
La couleur de son sein se nuance à tes yeux ;
La teinte des forêts se détache, et moins sombre
    L'arbre berce son front soyeux.

Le bruit à chaque pas s'étend dans la feuillée ;
Le soupir des bosquets anime chaque fleur,
La rose sur sa tige enfin s'est éveillée,
    Couverte d'un bain de fraîcheur.

Le vallon a parlé... la plaine s'est émue,
Dans les champs habités le soc est de retour,
Le soleil a gagné le sommet de la nue
    Et le monde sourit au jour.

Vois-tu ce sol uni que le gazon recouvre,
Que la main du faucheur a déjà parcouru...
Ce tapis de verdure où l'onde fraîche s'ouvre
    Un sentier qui m'est inconnu !

C'est là, que dans les jours de ses splendides fêtes
Les aigles de César creusèrent des canaux,
Et que lasses de gloire et lasses de conquêtes,
    Elles se berçaient sur les eaux.

César a commandé.... la phalange romaine
Arrondit ces côteaux, élève ces gradins,
Et les flots en grondant envahissent l'arène
Qui s'est couverte de marins.

Des vaisseaux allongés, la brillante coquille
Sillonne lentement cet Océan d'un jour,
Et les rames du bord sur l'onde qui pétille
Repoussent les flots à leur tour;

La lame au front cintré tourne, se roule et fume
Sous les efforts jaloux des robustes nageurs,
Et poussée au rivage, elle étend son écume
Sur les genoux des spectateurs.

L'étincelle qui suit les avirons dociles
Scintille en reflets d'or sur la vague en repos,
Et les coups cadencés des trirêmes agiles
Font gémir trois fois les échos.

Regarde cet esquif?... il se balance et vole
Sur le lac où le ciel humecte son front bleu,
Et son mat incliné porte la banderole,
Belle de ses couleurs de feu.

« Tel un cygne élégant dont la marche légère
» Effleure vers le soir les ondes du bassin,
» Et qui timidement y plonge avec mystère
  » Les blanches plumes de son sein. »

Oh! si la vie était pareille à ce voyage!
Si les jours s'écoulaient loin du souffle des vents!
J'aimerais avec toi nager dans le sillage
  De ses avirons transparents.

Mais non.—Le vent fraîchit, la voile se lamente,
Les cordages de lin s'agitent dans les airs,
Et le peuple là-bas, debout, est dans l'attente
  D'un drame qui rougit les mers.

La flotille à pas lents disperse sa voilure
Et sur deux rangs égaux se prépare au combat.
Sur l'avant du vaisseau, vois-tu briller l'armure
  Et le glaive nu du soldat?

Le sang va donc couler, la hache se prépare,
Les traits sont réunis, les yeux sont menaçants,
Et Bibracte aujourd'hui pour sa fête barbare
  Va sacrifier ses enfants.

L'Edile a prononcé ,.... le choc se fait entendre ,

Le javelot s'attache aux flancs du bouclier ,

Et le casque brisé que le fer vient de fendre

Ne couvre plus le guerrier.

La voix des combattants dans l'orage domine ,

La tempête est sans bruit auprès de leurs efforts ,

Et les vents effrayés de la verte colline

Se mêlent aux soupirs des morts.

Vois-tu ce nautonnier qui se débat dans l'onde ,

Et cherche d'une main à toucher son canot ,

Quand un dard vient frapper sa chevelure blonde

Que recouvre soudain le flot.

Ces navires dorés , tout parsemés d'étoiles ,

Déchirent sans pitié leurs bordages vernis.

Les mats tombent.... le vent, s'est emparé des voiles

Et les hommes sont engloutis....

Que restera-t-il donc de la flotte si belle

Qui ce matin encor voguait à nos regards ?

Gracieuse beauté ! que restera-t-il d'elle ?

Des morts et des débris épars !

***

Que le ciel a bien fait de sécher cette arène,

De couvrir ces gradins, de cacher ces canaux,

D'y semer des gazons, d'en former une plaine

Où murmurent quelques ruisseaux !

À des flots orageux préférons la prairie,

Ce tapis où tes doigts moissonnent tant de fleurs,

Où la fille des champs à l'herbe se marie

Et brille de vives couleurs.

De ce lac Éduen suivons toujours la trace ;

Le passé s'y fait noir, le présent y sourit ;

Le triste souvenir sous ton regard s'efface

Et le lendemain s'embellit.

Aux mânes de ces lieux jetons une couronne,

Que la paix soit pour eux et le bonheur pour toi,

Et que le premier jour de la prochaine automne

T'y retrouve encore avec moi.

www.ingramcontent.com/pod-product-compliance
Ingram Content Group UK Ltd.
Pitfield, Milton Keynes, MK11 3LW, UK
UKHW021137140726
13695UKWH00004B/1895